虚仮一心

麻田春太

私は恨み辛みながら生きてゆくより
すべて赦して生きてゆきたい。

虚仮一心

＊

目次

虚仮一心

残った奴が運のいい奴

少し頭がおかしい
いや　ほとんどおかしい
夢の中で
おふくろや兄が立っている
いろんな人が罵倒しても
俺は少しも動じない
醒めたら　そこには布団だけ
胸のまわりに　びっしょりと汗をかき
苦しくなったから

水を飲む
深夜の　水道管の水の音が
俺は好きだ
その音だけが生きている
どこにも行き場がなく
トイレに入る
小便をしながら
仕事のことを考える
俺は小さくなったチンポコを
俺の一部とは思いたくない
セックスだけが人生か
朝が見える
いつものように歯を磨き

顔を洗う
そして　飯を食い
糞たれる
そんな毎日に飽きたら
こんどはどうする

蒸された脳

嘘を摑もうとすると
スルリと抜ける
あなたの嘘は
俺の底に沈殿している
それは
時とともにオリになって
俺を破滅させた
〝俺の脳に鍵を掛けるんか！〟

どんなに上手で
たくみな言葉でも
俺の心の中のものは取り出せないよ
それは
真という芯な言葉があるからだ
オーイ！
まだか？
洩れそうなんだ
出そうぜ！
スーッとするぜ！
あなたがいいと思うものが
必ずしも
すべてに適しているわけではないんだよ

俺の今は
いろんなものが重なって
活かされているから
海馬は
蒸されても
蒸されても
俺は　俺
足腰萎えても
惚けても
あなたの嘘は
受けつけない
吐きけがするんだ！

うすくなってゆくぼくら

どんどんうすくなっていくよ
ぼくのあたまも
むねも
おしりも

どんどんうすくなっていくよ
テレビも
ケイタイも

スマートフォンも

どんどんうすくなっていくよ
くうきも
みずも
つちも

どんどんうすくなっていくよ
ことばも
からだも
きみも

そうしてちきゅうも

ぼくらも
きえるのかなあ

閉ざされたわたしは行き当たりばったり

冷たい風が吹く
赤信号だ
何を躊躇ってる
こころの襞をひらひらさせながら
わたしは前を見ていた
青になった
横断するのには長すぎるようだ
萎えた足には杖がいる

その杖をたよりに渡れるか
黄色の点滅
息たえだえに
街を通り過ぎると
あたり一面
枯れ草が拡がっている
解体されたビルの跡
閉ざされたわたしは
行き当たりばったりに
虹を摑もうとしていた

後祭《あとまつ》り

俺の人生は後の祭りだ
後を引く想いを乗せて電車は走る
後が無い人生が
重い荷物を運び
空飛ぶ円盤のように轟音をたて
あなたの後を追う
俺は許されるか
前の祭りがあったのだが

リハーサルで終わった
俺は御輿の上で踊っていたんだ
螺旋階段を下るように
用済みになった
もう　後は野となれ山となれだ

夜まわり

冷気が漂う　広大な敷地に
ショッピングモールが居すわっている
大回りから　小回りまで
回りまわって監視する
俺の向こうに
轟音が脳天から胸部まで圧迫する
暴走バイクが吐き出す
寝静まったしじまを劈《つんざ》く

収容台数　四二〇〇台の駐車場は
今、戦場の坩堝
警察が来ると
チリチリに散らばるのは負か
おまえらの掃き溜めを
郊外の囲いにしたのは　おまえらだ
ショッピングモールに集まるひとは
買い物カゴに
愛を詰め込もうとしている
愛は生ものだ
俺は　レジに向かうひとに
目配りしながら　今を忘れる
日中の暑さに　魘《うな》され

夜まわりが終わる朝焼けの頃
シネマパークの外灯に
首吊りが　鮮やかだった

背負ってる骨折

燃えるような視姦が
駐車場のバリカーを転倒させ
俺は苦し紛れに
掌をついた
激痛が走り
みるみると　手首が膨張する
ガードするセーフティネットは
突風で雑魚寝していた

俺を突き動かしたのは
熱い口唇だ
それが凍てついた空気に
時どき覗く
もう　俺は復活できないか
ギプスが重い
小指にサックしても
痛みは走る
漏れそうな尿も
うんちも
我慢の張りを失って
薬と酒を呷ったら
幽霊が出た

口から出まかせ

口は災いの門というけど
世間は口も八丁手も八丁を重宝する
わたしは口が重いし　口がかたい
あなたはそんなわたしに　口をはさむ
口から先に生まれたあなたに
わたしが悪いのではない　と
　口をそろえて　口にする
わたしはそんなあなたに　口をそえて

口を出す
あなたは口をとがらせて　口を割る
　わたしが悪いのか
　世間が悪いのか
口をつぐんでしまった　あなたとわたし
口から口へと伝わる　うわさ
口の悪いわたしから　口が軽いあなたへ
口が減らないあなたから　口がすべる
口をきいたわたしは　口を切る

老々よ、ハイ、サヨウナラ

笑う門には福来たると申しますが
要するに　門《かど》取れたのです
人間　かどが取れると丸くなると言いますが
年を取ったということです
年を取ると上も下も萎えてきます
頭も涼しく風に靡いて
〝あなた九十九まで　わたしゃ一〇〇まで〟
なーんて長生きしても

認知になって徘徊し
俳句と短歌を取り違い
歌って踊っていればよかばってん
老々看護の　老々介護で
〝はい〟〝さようなら〟
とは　ならんとたい
息絶え絶えに
風呂に入って　いい気分
さあー　足出し手出ししながら
倒れんければよかばってん
笑えよ！

霞んでゆく

山が霞んでみえるとき
私は　雨に濡れていました
そぼ降る雨のなか
疾走する新幹線が
電光のように消え去った
あの日は　戻らないだろう
七〇年の間に通過した　時を
私は握り潰して

今から　新しいときを刻もうと
　想えども余命幾許もない
　歩むことすらおろおろとするばかり
衝撃的な愛を
奪ったものたちの叫び
どこに身を置いてよいのか
私は　ひたすら
そぼ降る雨の中で
歩きつづけなければならない

想いは言の葉にのって

言葉には想いがあります
色があります
香りがあります
ある日あの時　手を差し伸べたように
私は耳がすこし遠くなりました
細やかな言葉を
食卓に並べて
一家団欒の日が

突然　沈黙の檻に閉じ込められました
障害がある
あの円らな瞳は
何を語りかけているのでしょう
私は　ひとひら　ひとひら
言葉を選んで食べました
それは不味い　味で
美食家の彼の口にはあいません
とつとつと語りかける瞳は
ゆっくりと　そしてゆっくりと
瞬きしながら
ひと滴の涙の言葉を流すのです

私が気触《かぶ》れたミスマッチ感覚

女にかぶれて
男にかぶれて
仕事にかぶれて
酒にかぶれて
タバコにかぶれて
麻雀にかぶれて
競艇にかぶれて
ロックにかぶれて

ドマグレ
アホタレ
オツカレ
マンセイカンエンニサレ
ハイエンニサレ
ナカマハズレ
ニバンニカブサレ
メロメロニサレ

パチンコにかぶれて　イッパイアソバレ
文学にかぶれて　ココロヲヨマレ
詩にかぶれて　イキヅマレ
死にかぶれて　オワレ

病んでいる俺の叫び

道連れにするな
思い煩いがなせる業か
俺の心の奥底に潜んでいるものたちよ
セックスだけがすべてか
萎えた男根をぶら下げて
どこを彷徨いゆくのやら
街は喧騒の中に
灼熱が咆哮する

打ちのめされた俺を道連れにするな
　孤高の如く生きなされ　と
あなたの骸を拾って
俺は　思い煩う

墓穴

四十六歳で自死した兄を偲んで

淋しか——
兄《あん》ちゃん
何《なん》で死んだん
会社のため
家族のため
あん時　一《いち》から出直そうと約束したやん
あれは俺を安心させるため

そうなん
俺くさ　近頃よく兄ちゃんの夢見るとたい
それが変なかと
金魚ばパカパカ食べてさ
なんで金魚食べるんかわからんけん
兄ちゃんに聞いたら
うまかけんたいっていうてさ
お前も食べやいちゃ
なーんと想ってたとたん
すーと消えてさ
何でや
会社を守れってや
家族を守れってや

それがどんなに苦しかったことか
兄ちゃん　残されたものの気持ちわからへんやろ
みんなからバカ呼ばわりされ
破産して
悲しか――
うんだごとしてさ
俺　ただ息《いき》しているだけさ
それでさ
きのうも夢で　金魚食べたさ
不味《まず》かった――
兄ちゃん　どこが美味《おい》しかったと――
　不思議か――
まだ俺　息しているからさ

兄ちゃん　また夢に出てきてね
きっとよ

私はマネキン

ある日　私は街に出て
ショーウィンドウを覗いたら
裸の私がいた
あれ？
プヨプヨした腹を晒し
シミに覆われた顔に
値札がぶら下がっている
２円也　消費税は別ですって

いや！　いや！　まいったな――
せめてパンツくらいはかせてよ
ち・ん・れ・つ罪で逮捕されちゃうぜ
かあちゃんに申し訳なかたい
そんなこんなで
オロオロしていたら
隣のオバサンが
白目を剝いて
「よくやるよ」と言いながら
このデパートの地下1階から3階まで
エレベーターで行ったり来たり
ほんとは　エスカレーターの方が
景色がいいんだけど

味付けが悪かあけん　と言いながら
マネキンの私を　まずそうに
舌なめずりしながら
斜に構えて　私を睨む
そう　私はマネキンです　バーゲンで
売り出し中
天気晴朗なれど　地上は物騒で動けないよ
私は晒されても
惚けても
買ってくれれば　それでいいのだ
平和は1番　私は2番
　美味そうだなって　インターネットで
私はマネキン　売り出し中

嘘涙

涙が溢れるんです
止め処もなく
堰を切ったように
闇から闇に
葬った骸たちの叫び
トンネルから抜け
濠に這入ったまま
死へと向ってしまったぼくの眼球は

眼窩から飛び出して
そして　鼻孔から涙の滴が
黄疸の躰を褐色に染めた
ぼくは糞詰まり
どうしようもないので　先生に
麻酔を打ってもらい
メスを入れられました
そしたらなんと
嘘からまことに変換されて
涙が止まりました

おまえには穴がある

恨み辛みがあるから
カタルのです。
忖度しているからと懐に入れて
肥やしにしたではないかいな
お前は
俺の股座を摑んでいるから
強い。
しかしな——

瓦礫のなかで
お前は見向きもしないで去ったではないか
寄る辺のない身の棲み家まで
お前は
土足で入って来て
金品を捜し回る。
　嗚呼　おまえには穴がある！

ゴミの詩《うた》

わたしの愛は
ゴミの中
地球の果ての
その果ての
吐き出すものは
裏切だ

あなたの乳房は

膨らんでも
赤子の口は
噤んでる
あなたの愛が
泣いている

無闇矢鱈に好きなだけ
集めては
捨てるのに
あなたの愛は
夜空の星を
塵にする

錆びた銀河の
その果てに
わたしの愛を
置いてゆけ
地球の果ての
その果てに

転落

ふあっと垣根崖から転落した
足がもたついた
遠くで
「押せ」という声が
脳裡に残った
「ここはどこ?」
自分の居場所さえわからない

その日の伊万里は曇天だった
福岡から車で行く途中
どんよりとした雨雲がおり
激しい雨が降った
一過性だった
しばらくして陽が眩しく差し込んだ
道中は記憶にあった
今は病院のベッドの上に居る
どうしてここに居るの
三人の学友は
最早ここに居ない
置き去りにされたのだ
痛みより淋しさだけが募る

このまま死んでしまいたい
そう思った
旧友の55回忌の追悼が救いだ

見立て

目上から目下に目のかたきにして
目星をつけて　目から鼻へぬける
わたしはお目当ての品を横目で見ながら
一目見て好きになったあの目鼻立ち
それなのにあなたは細目で目をこらす
目つきが悪いあなたの目元は目が高い
戦争犯罪者のように　わたしの目をぬすむ
苦しかった日々を忘れた目先のことで目を見張る

ほんとうは目ざわりなだけかもしれない
見方が変れば　この品は　目に余る
あなたの目安はどこにある
目と鼻の間の目盛りで　目がない
目につくのは　目のつけ所がよいだけだ
生きるために　平和をいじしているのは
目の中に入れても痛くないあなただ
なめまわすようにこねくりまわして目も当てられない
そんなあなたを愛してしまったわたし
目がうるみ　目がくらみ　目が回る　そして
目にしみるこころのうちを目にもの見せるあなた
目を白黒させて　愛しいひとをさがしている
目を疑う　わたしに目もくれない

目をやると　目を丸くする
あなたは目を引くそぶりをしながら目をおおう
今日という日を忘れたように　目を落とす
あなたが目をかけた品にわたしは目をくらます
わたしは目を光らせながら目を通して
目に留まる品
あなたは目が早い　目をさらのようにして
目を注ぎ　目をすえる
そんなこんなのあなたのもとを
品はすっとすり抜けているのが目にうかぶ
きっと目の上のこぶだったのだろう
目をうばうほど目も当てられない
そんなあなたは　目がきく

雨が目にしみるとき　わたしは目を背けて
じっとみている
涙を抱きしめて寝たあなたの姿に
目を細めながら
つばめがえをやるようにひなどりが目を引く
そもそも　もっと目を配っていれば
わかれることもなかった
目をはなしたすきにあなたは飛び立った
わたしが目をつけるところが違っただけだ

食育は自己責任か花が咲く

わたしが生まれた頃はものがなかった
家の庭に柿の木があり
撓わになった実を捥いで食べた
わたしは
ペッと吐き出した
それは渋くて痛く
舌を刺激した
母は

にっこり笑って
ハル
皮を剝いて干すと甘くなるとよ
柿のへたに焼酎を塗ると甘くなるとよ
渋柿は
そうして食べるんだよ
全部捥ぎとらず
少し残すんだよ
カラスのエサになるからね

大人になったわたしは
どぶ川の土手に苗木を植えた
月日が経ち

あとでサクラの木だと知った
春には絢爛な花を咲かせ和ませた
葉桜は侘しいが
わたしの心を癒してくれた
しかし
ゲリラ豪雨のため
洪水となり
わたしたちの住まいを流してしまった
護岸工事をするため
サクラの木は撤去された
私は
懲りずに目を遣る
原発に汚染された

養祖父の地に
わたしはコスモスの種を送った
返却不用
と

加齢の話

患者
からだ全体が痛くて辛いし眠れないんです
医者（目の前のパソコンを打ちながら）
もう加齢*1ですから、睡眠剤を出しときましょう
患者
わたし平目*2ですが？（名前が平目海雄）

医者（パソコンから目を離して）
フザケルナ!!（憮然として睨みつける）
もう薬は出さん!!

患者
……（渋々項垂れる）

看護師
4219番《ヨンセンニヒャクジュウキュウバン》の方
お名前で失礼します。新田《ニッタ》さん、新田行男《ニッタユキオ》さん

患者（消えいりそうな声で「はい」と返事して部屋へ入る）

死にたいです。からだが思うように動かないし、からだの節ぶしが痛くて眠れません

＊1　加齢とは、高齢になること。また、高齢になるため生理的機能などが変化すること。
＊2　平目（鮃）は、近海の砂底にすむカレイ目ヒラメ科の海水魚。体は平たい長楕円形で、普通両眼とも頭部の左側にある。カレイに比べて口が大きい。（左鮃に右鰈→眼の位置）

ツバメスケッチ

毎年ツバメがやってくる
アパートの軒下に巣づくりが始まる
今年は五羽
生まれた
元気な雛もひ弱な雛もいっしょ
親ツバメは
平等に餌を与えているつもり・・・
元気な雛が

ひ弱な雛の
餌を横取りするから
ひ弱な雛には回ってこない
とうとう　ひ弱な雛は衰弱して　落下した
私は　ひろって巣に戻した
翌日
ひ弱な雛は落下して
死んでいた
私は亡骸を植木鉢に埋めて供養した
元気な四羽の雛は
すくすくと育ち
旅立ちを迎える

親ツバメは
飛行訓練を教えている
四羽の子ツバメが飛び立とうとしていた
その時
カラスが襲って来た
親ツバメは
鋭い鳴き声で追い払う
子ツバメは
親ツバメに寄り添いながら
青空を舞い
旅立った

阿呆んだらのハルちゃん

何ばしよるとかいな
そうたい
あんたは　おおまん太郎のハルちゃんな
あんたは大将　内弁慶の外すぼりたい
いつまでも
ぐずぐずせんと
早よう行かんば
あんたはいっちょん　わかっとらん

兄ちゃんをのりこえきらんば
——上見て暮らすな　下見て暮らせ——＊
と　母ちゃんが教えとろうが
一生懸命働いたら
きっと　報われると
そう思わな生きとられんたい
あんたも　鼻糞穿くらんと
頑張ってな
生きてるうちが花ばい

あのくさ
母ちゃん
今はロボットの時代ばい

また狡しようが
ロボットも
ＩＴも
人間が作ったと
しっかりせんば
この　バカタレが！

＊スットン節（明治後期〜大正のはやり唄）
スットントン　スットントンと働けよ
働く角には福が来る　のらくら角には鬼が来る
スットントン　スットントンと働けよ
上見て暮らすな下見て暮らせ　下見てころんだひとはない
スットントン　スットントンと働けよ
（後略）

明治四十一年生まれの母は苦しい時、いつも私に向って歌って聞かせた。

老後破産

七月二十八日未明
大量な下血で　意識を失い
病院に救急車で搬送されました
奇しくも　あなたの祥月命日です
あなたが呼んでくれたので
一命をとりとめました
あなたの　きずいたお城は
三十三年前

わたしたちがこわしてしまいました
そのツケが　連帯個人保証責務として
わたくしは　払い続けました
ある時は　議員秘書
ある時は　クリーニング職人
ある時は　建築営業マン
しかし　ことごとくつとめる処は
倒産という浮き草に流され
最後に警備員として落ちつきました
身も心もくたくた
　もういいよ
　もういいよ
はるかかなたにあなたの声が聞こえます

すべてを失い
もう　思い残すことなく
自己破産することにきめました
あなたの優しい瞳に導かれて
わたしは　余命を生きます
しびれた足をひきずりながら
杖をついて
歩いてゆきます

イルミネーションバージョン

桜は咲き誇り
駕与丁公園は恋人たちで溢れている
俺は萎えた足を
引き摺りながら
散歩を楽しんでいた
若い歓声は心を潤す

あの日　あの時

俺はどこにいたのか
町を離れ
北九州八幡西区にクリーニングして
俺は本当にクリアできたのか
凍て付くような水洗フトン
蒸気アイロンで皺を伸ばし
黄ばんだシミを丁寧に取ろうとした
取れない
シミは途轍もなく頑固だ
俺は掌で根気よく
シミ取り液を塗る
やっと滲んできたシミは
真水で洗わなければ消えない

俺は何枚のもシャツを
プレスして仕上げる
これは俺に　カセラレタ　仕事だ
嫌とか駄目とか
そんな反発は許されない
何故か　追いつめられて
俺は
もう俺でなくなる
我慢し耐え忍んで
厚顔無恥な俺は
町に戻ってきた
そんな俺を
お前は受け入れた

お前がいたから　今の俺がある
ここに
こうして若者たちの歓声を聞けるのだ
あっ　醜い俺を
お前は軟かく包み込んでくれた
ありがとう！

グウタレ人生

――アンポンタンの川流レ――

飲んだくれのチューは納屋の藁屑の中に寝ていた
「ハルちゃん、また、チューが寝とるバイ
寒かけん　起こして
寝床につれてけ」
ボクはまたか
と思ったが、ハハには逆らえない
チューを起こしに行く

が、バクスイ
こりゃダメだ
裸電球を点けて
そのまま　ウッチャった
そして
ボクは寝床についた
古い引戸が強風で　ガタガタと揺れ
藁屑に火が点いた

火事だ！
隣の八百屋が火事だ！
ボクは飛び起きて納屋に走った

案の定　火の海
だが　チューは寝ている
タタキ起こして外へ出た
ボクは
防火水槽を担いで　消火した
　誰かが「火事場の馬鹿力」と吠えた

消防隊員が
ハハを問い詰める
「ハルは何《な》んも悪いことはしてまっせん
　裸電球が悪かとですけん」
隊員は渋い顔をして
「明日、また伺いますから」

と言って去った
あたりは何事もなかったかのように
群衆は引いた
チューはカメレオンみたいに
ちっちゃな赤いべろを出して
藁屑を舐めていた

翌朝
消防隊員が来た
「息子さん　おられますか」
ハハは
「どっちでしょうか？」
「ハルさんですが」　と

隊員がつげると
「ハルは屋根の上で
オオグソ垂れて寝とります」

自白した標識

一方通行して
進入禁止を走り
無灯火で
追越しました

点滅信号や
横断歩道を
一旦停止しないで

逆走しました
右折を
左折して
不特定多数の女性と交接し
飲酒運転しました
議員や公務員に賄賂を贈り
指名を受けて
業者と談合し
仕事を貫いました

駆け引きと
権力に
忖度して

黄金虫を殺しました

黄金虫を殺したので
会社は行き詰まり
倒産し
わたしは自殺しようとしました

発見されたわたしは
朦朧としています　が
でも　生きています
そんなわたしは　赦されるのでしょうか？

インスパイア（心に火をつける）

ストレートに言葉を吐くほうが楽なのだが
バッシングがあるからできない
オブラートに包んで呑み込んだら
ちっとも楽にならない
でもなぜか　躯は反応する
心はバラバラなのに
金色に鏤められたラメの靴のように
ピクピクと

軀が反応する
俺は悲しいセクシャリスト
鼻白む軀に
乗り移れば晴れるのか
そう思い巡らしたら
弁護士は言う
「破産しなさい」と
冷笑しながら
花弁の絨毯の上で
インスパイアした

蝦蛄よ　果報は寝て待て

一進一退あるにしても
わたしは損なわれ　消えてゆく
生きている人間なら
生まれたての赤ん坊だって
わたしと同じ線上にいる
のに
どこかに向かって
わたしは少しずつ流れていく

目を眇め
壱万円の新札で
喉をかっ切って
死の回廊に
足をバタツカセナガラ
乱暴に
ランボーに恋をし
黒い海砂の中埋もれる
蝦蛄《シャコ》よ
わたしだけの卒業式に
出てこいよ！

吃驚仰天《びっくりぎょうてん》

眠っている時
ふと閃いて言葉が出る
目が覚めると
言葉が出ない
どうして
どうしてこうなる
朦朧としているほうが
わたし

目が覚めたわたしは
余所の人
きっと
そうに違いない
そう思ったら
ぷっつんと切れて
言葉が出なくなった

拘泥《こだわり》

聞いてください。
わたしの部屋は蜘蛛の糸が張り巡らされている
このアパートに引越して
まだ　三年しかたっていない
何故

聞いてください。
掃除は毎日天井から床まで

隅々綺麗にしています
二十四時間の隙間を縫って紡いでいる
何故

聞いてください。
ふたりの生活を
ぐるぐる巻きにしてどうするの
蜘蛛にもいろいろ事情がある
何故

聞いてください。
老いてゆく手足を擦りながら
子蜘蛛に声を掛けた

すると何でと　大声で返事する
「あっちこっち蜘蛛の巣城にしてやる！」

恩沢

背中に吹き出物が出来ている
夢に出てくるわたしは
やくざに追われて
金を出さなきゃ
指を出せ　と
アパートから飛び出し
駐車場の柵を乗り越えた
身体が重たい

やくざな男が蹴る
滑って転んで
外れ馬券が舞い上がる
宝籤じ売場の女が
おめかしして　わたしを誑《たぶら》かす
背中が痒《かゆ》くて
背中を掻《か》いて
背中を見せて
わたしシャッターは閉じた

天葬《チャトル》伝説

凌霄花《のうぜんかずら》が咲く頃
男は旅に出た
幾山河
果てしない道程を越え
苔生した小屋に辿り着いた
男は
恐る恐る中を覗いて
初めて空腹を覚えた

干涸びた　蝙蝠や
井守を貪る
そして　満たされた腹に
睡魔が襲った
何時とは無しに眠ってしまった
綿の布団にくるまっているような夢心地
空間は
束の間
目の前は血の海だった
女が大きな口をあけ
男を襲ってきた
まぐあいの果て
夜空に星が落ちていた

男は女の股座に顔を埋め
蛇が蠢いていた
彷徨うような
虚ろな目玉が
二個
其処に在った
女の呻き声と
ちろりと光る口唇は
男の骨と
皮を剝ぎ取り
山の頂に登り
鳥に捧げた
啄み始めた鳥は

神鳥になって羽ばたく

ハルちゃん音頭

ハルちゃんは　おうどうもん[*1]
おきゅうと売[*2]って　納豆売って
川端通りを　そうつきまわ[*3]っても
だーれも買ってくれんけん
腹減って
おきゅうといっパイと　パンかえて
食べて帰ったら
かあちゃんから　おごられて[*4]
その日　いちにち

押入に閉じ込められた
かあちゃん憎いや　ホウヤレホ

ハルちゃんは　のぼせもん[*5]
山笠《やまか》昇き　汗かき　かき氷
坐禅組んでも　生きられぬ
働いて稼いで　食べなきゃ
あしたは　あしたと
うんてんばってん[*6]　やってみるしか
ハルちゃん　いっち[*7]ホウヤレホ

ハルちゃん　あごたん[*8]　あっぱらぱん[*9]
麩をかついで　さりむり[*10]　さるく[*11]

ばってん[12]
麩は軽かけん　かさばるたい
三角乗りの自転車で
あっちゃらこっちゃら[13]
そうつき[3]　まわっても　さばくれん[14]
父ちゃん恋しや　ホウヤレホ

＊1　横着者　＊2　海藻で作る博多の名物食品　＊3　歩く　＊4　叱られて　＊5　のぼせ者
＊6　運まかせ天まかせ　＊7　いちばん　＊8　口先だけ達者　＊9　あけっぴろげ
＊10　無理矢理　＊11　歩く　＊12　〜だが、しかし　＊13　あっちこっち　＊14　さばけない

あとがき

昨年の十月に佐賀県伊万里市の友人宅で、垣根崖（約1・5メートル）から転落して、頸部3カ所、背腰部8カ所の重症で入院。突然のことで妻がベッドから転んで圧迫骨折と鬱病を併発。年明けて私が先に退院したものの、三月に心筋梗塞で救急入院、カテーテル挿入が成功して一命を取り止めました。

自分の内部に色々とあってから、新型コロナウイルスの流行で、世の中が一変してしまいました。その渦中にあっても、私は詩への情熱は失せることなく、ふつふつと湧いてきます。先が無いのでわめいてるのかもしれません。愚か者は赦しを求めて旅立ちたいと思っております。
今回の出版にあたって、書肆侃侃房の田島安江様、また、スタッフの皆様には、一方ならずお世話になり、深く感謝致します。

二〇二一年　新型コロナウイルス真っ只中で

麻田春太

■著者略歴

麻田 春太（あさだ・はるた）

1943年　福岡県福岡市博多に生まれる
1963年　詩誌「素寒貧」創刊
「福岡詩人」、「異神」を経て、現在、「九州文学」同人
1970年　詩集「甦る」
1975年　詩集「美しきものへの挑戦」
1982年　詩集「アポリアの歌」で第13回（1982年度）福岡市文学賞（詩）受賞
1986年　ショートストーリー「愛ってなあに」森田昌明共著
1997年　詩集「白の時代」
2007年　詩集「抽斗にピストル」
2013年　詩集「竈の詩」

現在、福岡県詩人会会員

現住所　福岡県糟屋郡粕屋町大字長者原西三丁目三番三号

詩集　虚仮一心《こけのいっしん》

二〇二一年二月四日発行

著　者／麻田 春太
発行者／田島 安江
発行所／株式会社 書肆侃侃房（しょしかんかんぼう）
〒八一〇－〇〇四一
福岡市中央区大名二－八－十八－五〇一
TEL 〇九二－七三五－二八〇二　FAX 〇九二－七三五－二七九二
http://www.kankanbou.com　info@kankanbou.com

装丁・DTP／黒木 留実（BEING）
印刷・製本／株式会社インテックス福岡

ISBN978-4-86385-443-7 C0092